句集

凡そ君と

oyoso kimi to

小滝　肇

hajime kotaki

朔出版

句集　凡そ君と

目次

装丁　奥村靫正／ＴＳＴＪ
装画　小滝　肇

句集　凡そ君と

新年

十六句

去年今年青函連絡船の底

靴はき直す門松に手を掛けて

初晴の昼をしづかに飛行船

砂まみれなり敦煌の初日の出

お降りの能登に古りたる黒瓦

札数は合はぬままなる歌かるた

ひよつとこの眉は物憂げ福笑ひ

また谷にマリオ落ちたる寝正月

知らぬ間に叱られてゐる初電話

具だくさんなり山国の雑煮椀

二日はや豆腐屋に鳴る黒電話

獅子舞の海を見てゐる舳先かな

雪踏めば鳴る成人の日の草履

成人の日も歯磨きの時ゑづく

左義長のくすぶるものに風を入れ
水かけて灰のおどろくどんどかな

春

五十八句

名画座に春来る東京物語

立春の空より戻るブーメラン

二月礼者のための鶏《にはとり》つぶさるる

斑雪野にゆがむ測量棒の影

鳶の影落つ浅春の千枚田

ぷすぷすと燻るを踏み野焼あと

麦踏の目礼は横向きのまま

ジッポの火青く太れる余寒かな

鐘ひびき合ふや絵踏の町正午

朝摘みの菜に散りぢりの薄氷

薄氷のさびしくなれば回り出す

日出づる国の暗がり薄氷

山茱萸にあふるる午後の余熱かな

暗き夜は鱵が口を尖らせる

流氷のはるかな沖の海の青

脇道はどこも暗がり猫の恋

すかんぽを齧れば箱根とのぐもり
はや海の一点となり雛の舟

雛の間の大きな父の胡坐かな

紙雛の傾ぐ背中を立て直す

かぎろへる日に一便の定期バス
楼蘭といふ陽炎の古史の町

パンクロックもうしんどい齢遠蛙

匂ひ付き消しゴムも入れ大試験

銀匙に父の顔浮く彼岸かな

春分の日の糠床をひと混ぜす

うららかな猫のワクチン注射の日

目秤に春の鰯をひと摑み

間合ひてふものあり鳥の交るにも
曲がりしもの混ぜ巣構へのまだ半ば

鳥の巣のさてその中のがらんどう
おほかたは雨に眠れる春の鴨

村人の消えて田螺の道残る

叱られし子が唄を入れ石鹼玉

朝帰り大きな春の闇背負ふ

離れ家へ夜の朧を連れて入る

鞦韆の塩まぶされてゐる稚鮎

柳絮降る生家に知らぬ人の声

地球儀のどこかに我が家入学日

入学の子の部屋に貼る世界地図

山桜散る山降りる人の背に
背の少し伸びたる長子花の山

遊んでは駄目な子が好き夕桜

夜桜の影のあたりに待ち合はす

花曇鉄扉のきしむ蔵の町

花冷や吹くたびくぼむ匙の粥

毛筆はふるへる桜蘂は降る
桜蘂降りて食紅色の街

ネクタイの儘ふらここを軋ませる

母戻るまで鞦韆を漕ぎどほし

寄居虫やいつも遠くに水平線
くぐる波なくてがうなの横走り

春蟬のはじめは声とならぬほど
竿売の声の遠のく目借時

こめかみのバリカン痛き啄木忌

ひくきより葛飾の藤見てゐたる

酒瓶がごろごろ島の仏生会

男体山《なんたい》に雲の湧きつぐ夏隣

夏

八十二句

葉桜の日の斑のなかの母の椅子

かさこそと罪をかさねて花は葉に

墨東は風ばかりなり鯉幟
鯉幟干さるるものの中泳ぐ

出《で》女《をんな》の池木苺の棘の鋭く

白神の夜には夜の巣立鳥

弾《たま》痕《あと》は語らぬ父の更衣

縦横にそして斜めに繭の糸

石蹴りの石よく飛べり麦の秋

卯の花腐し脊椎の底も骨

蝸牛動けば森の闇がまた
老い猫の飽かず眺むる蝸牛

夜がもうすぐ其処にゐる祭かな

近づきてまた祭笛遠のける

文机の半紙ごはごは雨安居

ふり返るたび郭公の声遠く

頬張れば猿めく台湾バナナかな

旅好きの穀象のゐる麻袋

ゆすらうめ都電の見ゆる英語塾
瑠璃蜥蜴金堂の闇ふかきより

谷あひの日向も影も植田かな

桜桃をひとつ残してみて孤独

ひきがへる音なく息を吸うて鳴く

蟾蜍ふさぐ肩幅ほどな路地

湯の町に古る青蔦の秘宝館

黒南風や水門閉ぢし向島

凡そ君と分かり合へぬまま梅雨に入る

木挽小屋ラジオの声の梅雨湿り

泣き虫の姉の嫁入り梅雨晴間

梅雨夕焼猫の窪みの古畳

詰襟の頃の書を手に桜桃忌

父の日のレンズの曇る丸眼鏡

ドロップのまだ出ぬ梅雨のブリキ缶

白南風やぽんぽん船が曳く筏

山峡の石工の里の目白籠

海酸漿黄泉の入口にてふふむ

朽ち舟の浸りしなかの目高かな

まづ首を入れて夏越の輪をくぐる

蟻地獄なにか言ひしを聞き逃す

ウォートカの瓶のつめたき白夜かな

高遠まで幾里御苑の蟻の列

蠅ぐるぐる回る卓袱台丸ければ

片隅に群れてゐるなり屑金魚

塩田に鳥のかまびすしき朝

放生の沼河骨の咲き初むる

墨堤に寄せては水を抱く海月

鮫くさき港を海霧のおほひけり

陶枕の生あたたかき海の宿

兄嫁が米研いでをり青嵐

炭住に人影いまだ灸花

羽抜鳥戒厳令の街の昼
昼顔を嗅ぐときは夜の顔をして

猪牙舟の水路の跡を糸蜻蛉

水無月のよく飛ぶ妻の竹とんぼ

紙魚がもう真犯人のところまで
うすばかげろふクリームパンは売り切れに

紫蘇きざむ可もなく不可もなき一日
スープパスタ羅を汚さぬやうに

眠らざる人体ふたつ蚊帳の虚

裏窓や暗渠をまたぐ夕涼み

マネキンの口開いてゐる旱かな

喜雨けぶる中いつせいに下校の子

髪洗ふ母はむかしの恋唄を

夕凪や音まだ止まぬ町工場

ガラシャ夫人幽閉の地の蟬時雨

蟬時雨ことさら無縁仏には

地に落ちてより蟬の眼のかうかうと

空蟬を拾ふ木歩の句碑の辺に

屈折をかさねて育ち雲の峰

うづくまる人の離さぬ缶ビール

深海の鬱香水の瓶の底
ため息のやうな泡吐く水中花

夕顔や小鳥葬るとき一人

虹出でて町に根も葉もなき噂

閥族の淫らな系図どぢやう鍋

夕顔の影ゆつくりと闇に入る

海《うな》境《さか》によぢれて高き土用波

肝嘗めて舌のざらつく土用かな

子育てを終へたる妻のサングラス

ぬばたまの那の国の夜のはたた神

瓶詰の蓋のまはらぬ原爆忌

日輪の中に人ゐる原爆忌

秋

六十六句

鳴きつくすまで秋蟬を聴いてをり

フライパンの黄身のくづれてゆく残暑

かなかな鳴く交番に色褪せし地図
新涼の奥歯でかじるアーモンド

蕎麦咲くや暮れて重たき旅鞄

蝗炒る鉱泉宿の夕支度

狗尾草巨人大きく国跨ぐ

バット振る少年の背の草虱

象潟へあふるるほどの天の川

百円で動く木馬や星月夜

中元のはみ出してゐる紙袋

アンドロメダより星屑のお中元

盆東風や島の女のおくれ髪

アメリカの人の来てゐる盂蘭盆会

生盆の胸に小鳥のアップリケ

晩婚もいつか金婚生身魂

セルロイドの翼を広げ茄子の馬

もろもろのもの流れつく終戦忌

島みやげ昨夜の踊子より買へり

はりぼての虎に嚙まるる佞武多の夜

川下り水棹を離れざる蜻蛉
とんぼうの飛ぶといふより漂へり

朝霧の島にサーカス一座着く

トーストの不意に飛び出す霧の朝

鎌研いで二百十日の夜の三和土

しづかなるマンハッタンの厄日かな

島に城ありしいにしへ穴惑

浮標ばかり見て敬老の日の漁師

秋の潮引いて開かぬ貝ひとつ

初潮のくびれて太きコーラ瓶

蹴る石のひとつは月を破りをり
エイサーの影を束ねて月の浜

月描くパレットにまづ群青を

かしやかしやと詰めて雨月のおもちや箱

長き夜の指入れてみるインク壺

ふと我に帰る秋刀魚の腸爆ぜて

澄む水の底ひを動く濁りかな

くるぶしを沈めてしるき秋の水

山粧ふ炊ぐ煙も彩りに
鯊を釣る舟縁に身をよぢらせて

鎌倉の空は愚図つくとろろ汁

片減りの母のルージュや鶏頭花

さまよひて秋草にとらはれてゐる
子規の眼の高さにひらき鶏頭花

垣越しに無花果匂ふ島の磴

あーんして明るく空気食べて秋

友見失ふ煙茸踏みてより
まつたけの土やはらかくはらひけり

長城の遥けきうねり鳥渡る

江ノ電のトタンの駅舎小鳥来る

大雪山《だいせつ》の尾根雁のつたひ来る
啄木鳥のつつき始めの音ひくく

藁塚のかたまつて田の広さかな

銀杏また散る闘争の焦げ跡に

鵯や峠の茶屋のパイプ椅子

来ぬ筈の父が見てゐる運動会

もののふに死相少しく菊人形

欲いまだ少なくもなし菊枕

鵙の贄空におぼるるごとくあり

水音や猪垣錆びし峡の村

ポケットの中でぶつかり合ふ胡桃

よろよろと来て銀杏を踏みしだく

閉山の鉄路の果ての草紅葉

柚子の皮こそぐ酸つぱき事もろもろ

廃村の名を冠に今年酒

鯨缶の肉のかたまる秋の果

冬

五十六句

凩のしばらく谷戸にひくくあり

河豚捌くとき元寇の海荒るる

神留守のちひさき嘘を見破らる
魚塚の幣あたらしき一の酉

縄張りの縄まだゆるき池普請

木の葉髪余白まだある日記帳

人参の赤の失せたるスープカレー
煮凝や暮らしてみればただの人

父が牡蠣たたく鏃のやうな石

掛大根くぐりて暗き三和土かな

惜別もからりと鯨竜田揚げ
勇魚捕る銛のつめたき朝かな

袋路の奥や小春のひとところ

小春日の鶏に追ひ立てられてゐる

綿虫にありなむ海を渡る夢

置炬燵夫婦の距離の縮まらず

初雪が空折れ曲がるあたりより
鳰かづくをちこち音のなき波紋

虎落笛聞こゆる朝も昼も夜も

水鳥を見てをればば振り向かれけり

流木の泡噴いてゐる焚火かな

海鼠腸やコールタールのやうな海

着ぶくれのまた割り込んでくる屋台

炭ひとつ爆ぜて流刑の島夜半

華族てふ滅びゐしものの冬薔薇

冴ゆる夜の鑿音たかきアイヌ村

胃薬にほのかな甘味漱石忌
綿入につつまれ真夜の研究者

鶏皮の焦げ義士の日の近きとも

義士の忌の沖より見遣る江戸の雲

遠火事を見てをり妻となる人と
内海の闇こげてゐる島の火事

年ごとに編み替へ吾子の冬帽子

彗星が落ちて来しとや冬の雷

廃坑の闇深ぶかと山眠る
泣きさうな時は目深に冬帽子

なんと遠きふるさとの町冬の町

オホーツクの梟眠るための昼

かたまつて雪いちまいの銀座裏

北風も詰めて大きな頭陀袋

忘れん坊同士で暮らし年用意

にはとりの何か咥へてゐる師走

置き場なきものの重さよ煤払

煤逃の男混み合ふ理髪店

恋拾ひたくて冬木の芽の小路

蕪村忌のととのはぬ古筆の先

頼まれて葱買ふ会社帰りかな

凍蝶の明日は動くかもしれぬ

幸逃げぬやう白菜の鍋に蓋

雑炊のごりごりこそぐ鍋の底

新海苔を売る少年の声高く
研ぎあげてをり新海苔を切る鋏

傘さして一人と思ふ寒の雨

寒肥を撒く長男の嫁として

倒木をくぐりて低き寒の水

鼻ばかり掻き一月の猿田彦

句集　凡そ君と　畢

あとがき

死はいつも唐突な訪問者に違いないが、それは他者の場合であり、自らのそれは生を得た時から寄り添う、言わば隣人のようなものではないか——。

幼い頃から一人で本を読んだり落書きまがいの絵を描いたりばかりだった私の傍らに、このもの言わぬ隣人は確かに居た。父に似て彫りの深い容貌の一つ上の兄と違って、外見から茫洋としていて凡そ見処に欠けた次男であったが、「隣人」に話しかけてでもいたのだろうか、独り言の癖があり、それがますます大人たちを困惑させ、嘆かせた。

「お前は、橋の下で拾われて来た子だ」

今となっては実子に違いないのは明白なのだが、幼かった私は兄のこの子供にありがちで悪戯な宣告に、「橋の下」とは如何なる処か、と想像を逞しくしながらも妙に納得する。親に似ぬ自分の行動からも、むしろ自然な事、と。真実拾い子であれば哀しむべき事ではあるが、一方でこの隣人さえ居てくれれば心を挫かせずにすむのでは、とも思うのだった。

ところが私が小学校高学年となり、人目にも行動が闊達になった頃から、「隣人」は姿を消してしまう。そしてそもそも姿などあったのかどうかすら分からないほど記憶の奥底にその存在がしまわれたまま、数十年の時が駆け抜けてゆく。

それから何がきっかけであったか不確かなのだが、今また私は傍らにぼんやりとした存在を、見えはしないものの「感じる」ようになった。イタリア映画「テオレマ」で、かの青年の訪問を受けたブルジョワ一家のような困惑が自分になかったのは、あのかつての「隣人」の感覚が、まだ何処かに残っていたせいかも知れない。

そのあらたに現れた「存在」なるものが、重い口をひらく。

「ここに居たよ、ずっと前から」

と。

「やはり君は、そうなんだね」
と返すと、記憶の扉は一気に開かれ、幼い頃の数多の思い出が堰を切ったように押し寄せてくる。生まれてこのかた、それとも知らず死の匂いをまとい続けてきた自分に改めて気づいた私は今、この隣人の棲まう国に暮らすため、招待状もないまま準備を始める。この句集の事もそのような支度の一つかとも思う。

きっかけは母の米寿のお祝いに、と思っての事だったが、既に母は卒寿を迎えた。また親不孝がひとつ増えたな、と笑われそうだが、多くの方の支えでなんとか上梓に漕ぎつけられた。全くの門外漢だった私を俳句の世界に誘ってくれた俳誌「銀漢」の伊藤伊那男主宰は銀漢亭のご主人でもあり、今回この句集上梓にあたって多くの助言をくださった。業務との均衡を図り直すため私が結社を離れた今も、変わらぬあたたかいご対応に深謝申し上げたい。

俳句を通じて知遇を得た錚々たる句友の皆さんも結社を問わず大きな協力をしてくださった。贅沢極まりない事、心より感謝申し上げる。

装丁のラフは私のネームで設計された建築作品の中からピックアップしてそ

のアウトラインを描いたもので、クライアントである友人にも御礼申し上げたい。最後になったが朔出版の鈴木忍さんのご協力を得た事はとても大きく、迷走から救っていただいた事への感謝をお伝えしたい。

本当に皆様、ありがとうございました。

平成三十年三月

小滝　肇

著者略歴

小滝 肇（こたき はじめ）

昭和 30 年 9 月　広島県広島市に生まれ、
幼少の一時期を北海道余市郡余市町で過ごす
昭和 49 年 3 月　広島県修道高校卒業後上京し、
早稲田大学理工学部建築学科卒業、
同　大学院修士課程修了
平成 16 年　俳誌「春耕」に入会
平成 19 年の発足から同 24 年閉会まで湯島句会に参画
平成 21 年　「春耕」同人
平成 22 年　俳誌「銀漢」創刊同人
その後俳誌を離れ、「千鳥句会」等に参加
平成 29 年　未年生まれの句友と「羊句会」開催
平成 30 年　根津・千駄木在住の句友と「谷根千句会」開催
現在に至る

現住所　〒 168-0082　東京都杉並区久我山 5-1-14-203
E-mail　jim.ha.7@docomo.ne.jp

句集　凡そ君と　およそきみと

2018年6月26日　初版発行

著　者　　小滝　肇

発行者　　鈴木　忍

発行所　　株式会社 朔《さく》出版
郵便番号173-0021
東京都板橋区弥生町49-12-501
電話・FAX　03-5926-4386
振替　00140-0-673315
https://www.saku-shuppan.com/
E-mail　info@saku-pub.com
印刷製本　中央精版印刷株式会社

ISBN978-4-908978-14-2　C0092